Leserabe

Bernhard Hagemann

Potzblitz, Piraten!

Mit Bildern von Anja Rieger

Ravensburger Buchverlag

Bibliografische Information Der Deutschen Bibliothek:

Die Deutsche Bibliothek verzeichnet diese Publikation
in der Deutschen Nationalbibliografie.
Detaillierte bibliografische Daten sind im Internet
über **http://dnb.ddb.de** abrufbar.

Die Schreibweise entspricht den Regeln der neuen Rechtschreibung.

3 2 1 05 06 07
Ravensburger Leserabe

Umschlagbild: Anja Rieger
Umschlagkonzeption: Sabine Reddig
Redaktion: Claudia Ondracek
Printed in Germany
ISBN 3-473-36062-7

www.ravensburger.de
www.leserabe.de

Inhalt

Die Piratenmacke

Ich bin Florian.
Philipp ist mein kleiner Bruder.
Er hat zurzeit eine Piratenmacke.
Von morgens bis abends
rennt er mit Augenklappe
und Holzsäbel herum und macht
unsere Wohnung unsicher.

Sein Bett ist ein Piratenschiff.
Die Kissen sind Kanonenkugeln.
Und wenn ich sein Zimmer betrete,
werde ich sofort beschossen.
Wusch, krieg ich ein Kissen ab.
„Klar zum Kapern!“,
schreit Philipp dann.
Das Gebrüll ist nervtötend.

Wie gut, dass Papa heute
mit uns segeln gehen will.
Wir haben
ein Segelboot am Ammersee.
„Segeln ist blöd!“,
nölt mein Bruder.
„Ich bleib hier!“
„Du bleibst nicht hier“, sage ich.
„Außerdem segeln Piraten auch.“
„Aber auf dem Meer und nicht
auf so einem langweiligen See!“

Da Mama beim Arzt ist,
kann Philipp nicht zu Hause bleiben.
Und ich will unbedingt zum Segeln.
Also muss er mit.
Aber Philipp
schüttelt stur den Kopf.
„Du kommst mit“,
sage ich entschieden.
„Wir kapern auch ein Schiff!“

„Kapern?!“
Sofort hört Philipp
mit Kopfschütteln auf.
„Kapern wir ein Schiff?“,
fragt er Papa.
„Klar kapern wir ein Schiff!“,
meint Papa und lacht.

Auf Beutejagd

Schnell packen wir unsere Sachen:
Handtücher, Badehosen, Proviant.
Wenig später liegt der See
groß und blau vor uns.
Ein paar Segel tanzen
wie weiße Dreiecke auf den Wellen.
„Zieht euch die Schwimmwesten
an“, sagt Papa,
während er das Schiff klarmacht.

„Nö!“, sagt Philipp.
„Schwimmwesten
sind total unpiratig!“
„Dafür säufst du nicht ab,
wenn wir kentern“, sage ich.
„Piraten kentern nicht“,
meint Philipp.
„Keine Diskussion!“,
sagt Papa streng.
„Zieh die Schwimmweste an!“

Wir legen vom Steg ab.
Der Wind bläht die Segel.
Ich sitze am Vorsegel
und Papa am Ruder.
Und Philipp schaut über den See.
„Klar zum Kapern!“,
ruft er und fuchtelt
mit seinem Holzsäbel herum.

„Was denn?“, frage ich.
In unserer Nähe
ist nichts zu sehen.
„Das Schiff da hinten!“,
schreit Philipp und deutet
auf ein weißes Segel in der Ferne.
„Den Kurs ändern!“
Kurs ändern geht aber nicht.
Der Wind weht
aus der falschen Richtung.
Und Papa freut sich
an den geblähten Segeln.
„Los jetzt!“, ruft Philipp.
„Wir wollen doch kapern!“

„Das geht jetzt aber nicht“,
versuche ich ihn zu beruhigen.
Aber Philipp nervt weiter.
„Hör doch mal
mit deinem blöden Kapern auf!“,
fauche ich Philipp an.

„Kapern ist nicht blöd!“,
schreit Philipp.
„Außerdem hat Papa
es versprochen!“
„Wir kapern ja auch“, sagt Papa.
„Aber da sind keine Schiffe“,
mault Philipp.
„Halt jetzt mal die Klappe!“,
zische ich.
Und Philipp tut mir wirklich
den Gefallen: Er schmollt.
Eine Wohltat.

Kein Mensch, keine Beute!

Unser Boot saust dahin,
das Wasser plätschert.
Wir sind nicht weit vom Ufer.
Da taucht vor uns
ein hölzernes Badefloß auf.
Menschenleer
und weit und breit niemand,
der darauf zuschwimmt.

„Feindliches Schiff in Sicht!“,
ruft Papa plötzlich.
„Klarmachen zum Kapern!“
Philipp reckt den Hals
aus seiner Schwimmweste hervor.
„Wo?“, fragt er.
„Na da!“, sage ich
und deute auf das Floß.

„Das ist kein Schiff“,
mault mein Bruder enttäuscht.
„Da gibt es nichts zu kapern!“

„Klar kann man das kapern“,
sage ich mit Wut im Bauch.
„Wartet mal“, sagt Papa.
„Ich fahre ganz nah ran und dann
klettert ihr beide hinüber.“
Ich bewaffne mich
mit einem Paddel
und springe aufs feindliche Floß.

„Ergebt euch!“,
schreie ich und fuchtle
wie ein Irrer mit dem Paddel herum.
„Der Pirat der Königin!
Her mit eurem Gold.
Her mit den Edelsteinen.
Her mit den Schätzen.
Sonst rollen die Köpfe.
Los, Philipp, komm.
Ich brauch Verstärkung!“

Aber Philipp kommt nicht.
„Ein Floß kann man nicht kapern“,
sagt er. „Da ist nichts:
kein Mensch und kein Gold.“
Papa kann das Boot
nicht länger am Floß halten
und ich springe zurück.

„Dann lass uns jetzt auch
mit deinem blöden Kapern in Ruhe“,
fauche ich Philipp an.
Aber Philipp lässt uns nicht in Ruhe.

Wie aus dem Nichts
taucht plötzlich dieses Schiff auf.
Es ist viel schneller als wir.
„Klarmachen zum Kapern!“,
brüllt Philipp begeistert.
„Pssst!“, zischt Papa.
„Nicht so laut!“

„Du musst näher ranfahren!“,
ruft Philipp
und schwingt seinen Holzsäbel.
Aber da rauscht das andere Schiff
schon an uns vorbei.
„Wieso haben wir
das Schiff nicht gekapert?“,
schreit Philipp.

„Weil du vorhin nicht wolltest“,
sagt Papa.
„Mal willst du kapern,
dann wieder nicht.
Außerdem war das Schiff
viel zu schnell.“
„Huhhhh!“, heult Philipp.
„Du hast aber versprochen,
dass wir ein Schiff kapern!“
„Mann, Philipp!“, stöhne ich.
„Du gehst mir auf die Nerven
mit deinem blöden Kapern!“

Der Anfall

„Wollen wir baden?“, fragt Papa
nach einer Weile.
Ich nicke, Philipp schweigt.
Wir segeln zum Steg
und machen das Boot fest.
Papa und ich springen ins Wasser.
Philipp bleibt im Boot sitzen.

Ich tauche bis zum Grund
und hole einen Stein nach oben.
Einen flachen Super-Flitzestein.
„Hier, der Stein springt
bestimmt toll über den See!“,
rufe ich Philipp zu.
Aber Philipp schmollt weiter.

Als Papa und ich
wieder aus dem Wasser kommen,
machen wir uns daran,
die Segel einzupacken.

Da bekommt mein Bruder
seinen Anfall.
„Ich will ein Schiff kapern!“,
schreit er mit einem Mal
und wirft sich
auf den Boden des Bootes.

„Du hast versprochen,
dass wir ein Schiff kapern!“
„Philipp!“, sagt Papa scharf.
„Hör auf mit dem Theater!“
„ICH WILL EIN SCHIFF KAPERN!“
Ein Ehepaar läuft auf dem Steg an
uns vorbei und schaut erstaunt.
„Nicht einfach mit Kindern“,
murmelt Papa verlegen.
Die Frau lächelt verständnisvoll
und geht mit ihrem Mann
weiter zu einem Segelboot.

„ICH WILL EIN SCHIFF KAPERN!“
Da steigt Papa aus dem Boot.
Er geht zu dem Ehepaar
und spricht mit ihm.
„ICH WILL EIN SCHIFF KAPERN!“,
brüllt Philipp.

Papa kommt wieder zurück.
„Wir legen noch mal ab!“,
sagt er und packt
die Segel wieder aus.
„Wieso denn das?“, frage ich.
Papa guckt mich nur an.
Ich sage nichts mehr.
Und Philipp hört auf zu schreien.

Na los jetzt!

Wenig später segelt das Ehepaar
langsam an uns vorbei.
Plötzlich ruft Papa:
„Feindliches Schiff in Sicht!
Alles klarmachen zum Kapern!“
Philipp kapiert erst mal nicht,
was da vor sich geht.
Doch dann leuchtet sein Auge,
das er nicht mit der Augenklappe
bedeckt hat.

„Klar zum Kapern!“,
schreit er schließlich.
Papa segelt so nahe
an das andere Boot heran,
dass er es fassen kann.
„Wir sind Piraten!“, ruft Papa
mit gespielt finsterer Stimme.
„Geben Sie uns Schmuck
oder Süßigkeiten!“

„Oh Piraten! Oh Piraten!“,
schreit die Frau
im anderen Schiff verzweifelt.
„Tut uns nichts!“
„Oh Piraten! Oh Piraten!“,
ruft auch ihr Mann.
Papa hält die Boote zusammen.
Ich warte darauf,
dass Philipp zum Angriff übergeht.

Aber Philipp rührt sich nicht.
Und er sagt auch nichts.
„Na los, Philipp!“, rufe ich ihm zu.
Aber Philipp verschränkt
nur die Arme vor seiner Brust.

„Was ist?“, frage ich.
„Los, kapern!“
„Oh Piraten! Oh Piraten!“,
jammert die Frau im anderen Boot.
„Tut uns nichts!“

„Philipp, kapere jetzt endlich!“, fordert Papa ungeduldig.
„Ich helfe dir auch beim Rüberklettern!“
„Du sollst kapern!“, sagt Philipp da.
Papa verdreht die Augen.
„Ich kapere doch schon!“, sagt er genervt.
„Ich halte dir das Boot.“
„Das ist kein richtiges Kapern!“, sagt Philipp.

„Oh Piraten! Oh Piraten!“,
ruft die Frau im anderen Boot.
„Philipp! Würdest du bitte
jetzt das Schiff kapern!“,
sagt Papa nun in ernstem Ton.
„Du sollst aber kapern!“,
sagt Philipp.
„Du bist der Pirat!“, sagt Papa.
„Du bist der Piratenpapa“,
ruft Philipp. „Du sollst kapern!“
„Oh Piraten! Oh Piraten!“,
jammert die Frau im anderen Boot.
„Tut uns nichts!“

Papa guckt mich an.
„Florian, halt bitte
die Boote zusammen“,
sagt er. „Ich gehe kurz kapern.“
Ich halte das andere Boot fest
und Papa hangelt sich hinüber.
„Oh Piraten! Oh Piraten!
Tut uns nichts!“, ruft die Frau
und gibt Papa
eine Hand voll Bonbons.

In diesem Augenblick
bläht eine Windböe unsere Segel.
Ich werde davon völlig überrascht.
Mir rutscht das andere Boot
aus den Händen.
Unser Boot nimmt Fahrt auf.
„Papa!“, rufe ich.
„Papa!“, schreit Philipp.
Papa ist total verdattert.

Aber dann ruft er:
„Wirf den Rettungsring
mit der Leine zu mir!“
Ich nehme den Ring
und werfe ihn in seine Richtung.
Papa springt ins Wasser
und krault, so schnell er kann.
Zum Glück bekommt er
den Ring zu fassen.

Aber leider verliert er
dabei einen Teil der Beute.
Die Bonbons schwimmen
in glitzernden Folien im Wasser.

„Papa, unsere Beute!", schreie ich
und ziehe mühsam den Ring heran.
Papa klettert erschöpft ins Boot.

In seiner rechten Hand
hat er immer noch drei Bonbons.
„Hurra!“, schreit Philipp und strahlt.
„Wir haben ein Schiff gekapert!“
Wir teilen die Beute und schlagen
die Handflächen gegeneinander.
„Klasse Piratenarbeit!“, sage ich.

Bernhard Hagemann, 1956 in Bad Reichenhall geboren, wuchs im Chiemgau auf. Nach kurzen Assistenzen bei verschiedenen Fotografen arbeitet er seit 1982 als freischaffender Fotograf. Seit 1992 schreibt er Kinder- und Jugendbücher. Er lebt mit seiner Familie in der Nähe von München.

Anja Rieger, 1961 geboren, hat erst Goldschmiedin gelernt und dann Grafik-Design an der Hochschule der Künste Berlin studiert. Als es ihr in den Werbeagenturen zu eng wurde, machte sie sich 1993 selbstständig und begann auch Bilderbücher zu illustrieren und schreiben. Seitdem schwingt sie mit großer Begeisterung Stift und Pinsel und geht auch gerne auf große Kaperfahrt oder steigt hoch in die Lüfte …

Leserätsel

mit dem Leseraben

Super, du hast das ganze Buch geschafft! Hast du die Geschichte ganz genau gelesen? Der Leserabe hat sich ein paar spannende Rätsel für echte Lese-Detektive ausgedacht. Mal sehen, ob du die Fragen beantworten kannst. Wenn nicht, lies einfach noch mal auf den Seiten nach. Wenn du die richtigen Antwortbuchstaben in die Kästchen auf Seite 42 eingesetzt hast, bekommst du das Lösungswort.

Fragen zur Geschichte

1. Womit wird Florian in Philipps Kinderzimmer beschossen? (Seite 5)
P : Mit Kissen.
M: Mit Tennisbällen.

2. Warum will Philipp seine Schwimmweste nicht anziehen? (Seite 10)
O: Sie ist ihm zu groß.
I : Er findet sie total unpiratig.

3. Warum können sie den Kurs nicht ändern? (Seite 12)

R : Weil der Wind aus der falschen Richtung weht.

E : Weil Papa keine Lust hat.

4. Was holt Florian aus dem Wasser? (Seite 24)

A : Einen Super-Flitzestein.

L : Einen Fisch.

5. Wieso lässt Florian das Boot los? (Seite 36)

A: Weil Papa mit dem Kapern fertig ist.

T : Weil eine Windböe das Segel bläht.

6. Warum kriegt Papa den Rettungsring zu fassen? (Seite 37)

E: Weil er schnell krault.

K: Weil das Boot langsamer wird.

7. Wie viele Beute-Bonbons bleiben übrig? (Seite 39)

N: Drei.

H: Sechs.

Lösungswort:

1 P	2 I	3 R	4 A	5 T	6 E	7 N

Rabenpost

Super, alles richtig gemacht! Jetzt wird es Zeit für die RABENPOST.
Schicke dem LESERABEN einfach eine Karte mit dem richtigen Lösungswort. Oder schreib eine E-Mail.
Wir verlosen jeden Monat 10 Buchpakete unter den Einsendern!

An den LESERABEN
RABENPOST
Postfach 20 07
88 190 Ravensburg
Deutschland

leserabe@ravensburger.de
Besuche mich doch mal auf meiner Webseite:
www.leserabe.de

Leserabe

1. Lesestufe für Leseanfänger ab der 1. Klasse

ISBN 3-473-36038-4

ISBN 3-473-36036-8

ISBN 3-473-36014-7

ISBN 3-473-36037-6

2. Lesestufe für Erstleser ab der 2. Klasse

ISBN 3-473-36043-0

ISBN 3-473-36039-2

ISBN 3-473-36021-X

3. Lesestufe für Leseprofis ab der 3. Klasse

ISBN 3-473-36054-6

ISBN 3-473-36051-1

ISBN 3-473-36024-4

ISBN 3-473-36052-X

Gute Idee.

Ravensburger